SOPA DE LIBROS · TEATRO

Coedición de Fundación SGAE y Grupo Anaya, S.A.

© Del texto: Gracia Morales, 2012
© De las ilustraciones: Bea Tormo, 2012
© Fundación SGAE, 2012
Bárbara de Braganza, 7. 28004 Madrid
www.fundacionsgae.org
© Grupo Anaya, S. A., 2012
Juan Ignacio Luca de Tena, 15. 28027 Madrid
www.anayainfantilyjuvenil.com

1.ª edición, septiembre 2012
3.ª edición, julio 2016

ISBN: 978-84-678-2898-6
Depósito legal: M. 26293/2012

Impreso en España - Printed in Spain

Las normas ortográficas seguidas son las establecidas
por la Real Academia Española en la nueva *Ortografía
de la lengua española*, publicada en 2010.

*Reservados todos los derechos. El contenido de esta obra está protegido
por la Ley, que establece penas de prisión y/o multas, además
de las correspondientes indemnizaciones por daños y perjuicios, para
quienes reprodujeren, plagiaren, distribuyeren o comunicaren públicamente,
en todo o en parte, una obra literaria, artística o científica, o su transformación,
interpretación o ejecución artística fijada en cualquier tipo de soporte
o comunicada a través de cualquier medio, sin la preceptiva autorización.*

De aventuras

SOPA DE LIBROS · TEATRO

Gracia Morales

De aventuras

Ilustraciones de
Bea Tormo

Primer Premio SGAE
de Teatro Infantil y Juvenil
2011

*Para Sergio, Pablo y Bruno,
por haberme enseñado de nuevo
la magia de jugar.
Deseando ser testigo de las aventuras
que les esperan
a lo largo de sus vidas.*

Prólogo

Fue jugando con mis sobrinos, Sergio y Pablo, como redescubrí la disposición permanente de los niños a imaginar y vivir aventuras, y su fascinación por los dibujos, esa forma mágica en la que un mundo surge trazo a trazo sobre una hoja en blanco. Esas tardes cuando, siempre incansables, inventábamos historias maravillosas, ilustrándolas sobre el papel o viviéndolas con los juguetes y los objetos del dormitorio, se me ocurrió la idea para esta obra de teatro.

Debo confesar que estoy más habituada a pensar en piezas teatrales para un público adulto. *De aventuras* es mi segundo texto destinado a lectores y espectadores de edad infantil y ha supuesto un importante reto encontrar la forma adecuada de dirigirme a ellos. Quería hallar un discurso en el que el lenguaje usado resultara cercano a la realidad y a los intereses de los niños, pero sin caer en el mensaje fácil, naíf, en el juego inconsecuente o en la excesiva ingenuidad. Es decir, me había propuesto no infravalorar la capacidad de interpretación de los más pequeños.

Para ello, a partir de esa idea primera de investigar sobre la ilustración y el mundo de las aventuras, elegí una historia que me permitía combinar dos elementos fundamentales que acostumbro a mezclar en mi dramaturgia: la presencia de un lenguaje realista y cotidiano con otro donde irrumpen lo fantástico, lo onírico, lo mágico.

En *De aventuras*, Mario es dibujante y autor de una serie de libros para niños, Las Aventuras de Aidún. Aidún es un personaje de ficción que abandona el mundo de los cuentos para averiguar por qué Mario ha dejado de crear aventuras para ella. Este es el punto de arranque, que ya nos propone dos planos: el mundo «real» de Mario y el mundo «fantástico» de Aidún.

He intentado que en ese primer espacio, el «real», los diálogos y las formas de expresión sean también realistas; así, las intervenciones de Mario y de su sobrina Dunia muestran cómo nos expresamos en nuestra vida cotidiana: hay silencios, malentendidos, excusas, ironía. En estas escenas se abordan, sin dulcificarlos, temas duros como la enfermedad, el dolor, la incomprensión, la soledad, el desánimo... Y se presentan intentando que sean una parte de la realidad que tanto el niño como el adulto pueden vivir cada día.

Por su parte, el mundo de la fantasía, en el que vive Aidún, y el de los sueños, donde Mario y Aidún consiguen comunicarse, presentan la cara opuesta: allí cualquier cosa es posible; existen piratas, malvados malhechores, dinosaurios, sirenas y un sinfín de personajes y situaciones que pertenecen a ese imaginario colectivo que los libros, los relatos orales, el cine, etc., han ido construyendo y todos somos capaces de reconocer.

Pero existe también un tercer plano, que podemos llamar «metanarrativo». Es aquel en el que se reflexiona sobre la propia narración. Porque toda esta historia es, en parte, presentada, vivida, ante el público; pero es también, simultáneamente, contada por un narrador. Este último personaje se me «apareció» en el preciso momento en que me disponía a escribir la obra. Tenía que haber una voz que, como en los cuentos tradicionales, empezara diciendo «Érase una vez, en un lugar muy muy lejano...»; un narrador que, en este caso, es también un intermediario entre el público y el escenario: habla directamente a los espectadores, les explica los datos que necesitan saber, resume, marca el paso del tiempo..., pero, a su vez, también se comunica con Aidún, cuando está en escena.

Este plano metanarrativo es uno de los que me han resultado más interesantes a medida que componía el texto. En él se habla de figuras como narrador, personaje, antihéroe, autor, etc., y me apetecía que los lectores y espectadores conocieran estos conceptos de una forma práctica, dinámica y amena.

Finalmente, *De aventuras*, con el uso de estos recursos entre lo real y lo ficticio, nos está hablando de dos temas que considero fundamentales: por una parte, del ejercicio de la libertad y sus implicaciones, y, por otra, la conciencia de que la vida es una sucesión constante de aventuras, en las que se puede ganar o perder, pero por las que el individuo no puede dejar de apostar.

Sinopsis

De aventuras nos acerca a la historia de Mario, un dibujante que, por culpa de una grave enfermedad en los huesos, está postrado en una silla de ruedas y convive diariamente con el dolor. Su situación física lo mantiene en un estado de depresión: se niega a seguir los consejos de los médicos; ha dejado de dibujar, de salir a la calle, de relacionarse con los demás. Solo continúa visitándolo su sobrina Dunia, que cuida de él. La obra comienza cuando Aidún, un personaje de ficción creado por el propio Mario, salta de los libros a la realidad para convencerlo de que siga inventado aventuras para ella. A partir de ahí veremos, por una parte, cómo Aidún descubre lo que significa la libertad al desligarse de su autor, y, por otra, asistiremos a la influencia que este personaje de ficción ejerce sobre Mario, con el que consigue comunicarse en el mundo de los sueños. De toda esta historia está siendo testigo un sabio y atento narrador, que ofrece al público y a los lectores la información necesaria para comprender lo que está sucediendo.

Personajes

Mario

Escritor e ilustrador de textos infantiles, es autor de una serie titulada Las Aventuras de Aidún, donde inventa y dibuja maravillosas historias para su protagonista. Mario era un hombre alegre y entusiasta que volcaba en los libros toda su fantasía y su pasión por la vida. Hasta que enferma: le han diagnosticado osteomielitis crónica, una infección en los huesos. Conforme pasa el tiempo y empeora, va perdiendo las ganas de luchar. En *De aventuras* lo encontramos ya en esta etapa de desánimo. Apenas dibuja y, si lo intenta, no le gusta nada de lo que hace. Se ve obligado a moverse en silla de ruedas y casi no sale a la calle. Convive con el dolor y eso lo ha ido amargando. Se muestra enfadado con todo y con todos y, quizá, también está asustado. Ha decidido abandonar el tratamiento que los médicos le aplicaban, porque ya no confía en curarse y prefiere renunciar antes que seguir manteniendo la esperanza. En ese estado se encuentra cuando Aidún, el personaje de ficción creado por él, salta de los libros a la realidad.

Aidún

Aidún es, sobre todo y ante todo, una aventurera; así la creó Mario. Desde hace varios años, ella es la protagonista de una serie de libros en los que se relatan increíbles hazañas de las que siempre sale vencedora. Es este espíritu de valentía y de lucha lo que la lleva a saltar desde la ficción a la realidad para averiguar por qué su autor ya no crea historias para ella. Así, Aidún conocerá a Mario y llegará a comunicarse con él a través de los sueños; pero también encontrará algo muy importante: la libertad. Porque mientras en la ficción era Mario quien decidía el final de sus batallas, en el mundo real Aidún no vive bajo las órdenes de su autor. Ser libre implica tomar decisiones que pueden resultar acertadas o equivocadas, y, por eso, cuando protagoniza nuevas aventuras, Aidún no siempre gana. Ella, que está acostumbrada a vencer, tendrá que entender ahora la importancia de saber perder.

Dunia

Es la sobrina de Mario, quien cuida de él ahora que no puede valerse por sí mismo. Si os fijáis, las letras que forman su nombre son las mismas que las de Aidún, solo que en otro orden. Y es que Mario se había inspirado en Dunia para crear este personaje de ficción. Por eso se parecen mucho físicamente y, de hecho, si la obra se pone en escena, los dos personajes deberían ser interpretados por la misma actriz. Dunia está preocupada por su tío; no entiende por qué este ya no quiere ir al hospital. Ella desea que él continúe haciendo aquello que los médicos le recomiendan, pero no siempre es fácil hablar con él, y Dunia no encuentra la manera de convencerlo.

Narrador

En realidad, el narrador no es un personaje; es, como su nombre indica, quien cuenta la historia. Puede ser un hombre o una mujer, joven o viejo, alto o bajo… Es alguien que no pertenece del todo ni al mundo de los espectadores ni al mundo de Mario; se encuentra en una zona intermedia que le permite ser testigo de lo que pasa en la buhardilla del dibujante y, a su vez, aparecer ante el público para hablarle. Ni Dunia ni Mario se percatan de su presencia, en cambio Aidún sí es capaz de oírle, de conversar con él e, incluso, de conseguir que la ayude en más de una ocasión.

Razatino

Solo aparece en algunos dibujos o mencionado por Aidún y Mario, es decir, no cobra cuerpo en escena. No obstante, creo que es interesante hablar de él. Se trata de un duende que vive en el bosque y se comporta como un antihéroe: en lugar de ser valiente, es cobarde; en lugar de ser animoso, está siempre quejándose. Aidún lo compara con su creador, porque también ha perdido las ganas de luchar. Sin embargo, al final de la historia, tanto Mario como Razatino cambian, demostrando que siempre se puede recuperar el entusiasmo por la vida.

Escenografía

Debo empezar aclarando que tanto la escenografía como el vestuario que finalmente aparecen en el montaje de un texto teatral no los elige el autor. Es el director, con el asesoramiento de un escenógrafo y un diseñador de vestuario, quien concreta estos elementos. El autor aporta sugerencias, indicaciones, pero la responsabilidad final de la puesta en escena es del director.

Por tanto, lo que voy a decir con respecto a estos dos apartados no son ideas cerradas, sino las sugerencias que yo, como autora, le propondría a quien llevara al escenario este texto.

Toda la acción de *De aventuras* transcurre en la buhardilla donde vive Mario. Ese es el espacio real donde se desarrolla la historia. Pero cuando Aidún vive sus aventuras, o cuando ella y Mario las inventan mientras él duerme, determinadas zonas del escenario se transforman en un barco, un avión, el fondo del mar, etc. Por eso, habrá que recrear dos ámbitos: el real y el imaginario.

Esto puede resolverse si la buhardilla donde habita Mario está llena de objetos que, al ser colocados e iluminados de una forma determinada, transforman parte del espacio en un ámbito fantástico: una sábana puede ser la vela de un barco, unos tubos para guardar dibujos pueden convertirse en unos troncos, etc.

También hay que tener en cuenta las proyecciones, que muestran tanto lo que está dibujando Mario como sus sueños. El escenógrafo y el director deben de prever esta circunstancia, pues será necesario preparar las imágenes. En caso de no poder o no querer utilizar proyectores, podrían servir algunos recursos propios del teatro de títeres o de sombras.

Vestuario

De nuevo, en este apartado, hay que tener en cuenta la presencia de dos lenguajes diferentes: el realista y el fantástico.

La actriz que encarne a Aidún y Dunia deberá modificar claramente su vestimenta cuando interprete a uno u otro personaje. Aidún tiene el aspecto de una aventurera de leyenda, vestirá con colores muy alegres y llamativos; quizá se le podrían incorporar elementos que remitan a distintos países y diferentes épocas, dependiendo de la historia que esté viviendo. Dunia, en cambio, tiene la apariencia de una mujer joven actual: tal vez basten unos pantalones vaqueros, o una falda y una camisa, todo de formas y tonos más neutros.

En cuanto a Mario, viste ropa de andar por casa, quizá zapatillas, quizá una bata y un pijama en el momento de irse a dormir. Sin embargo, cuando se atreva a vivir las aventuras que Aidún le propone, su vestuario debería cambiar y transformarse «mágicamente» en el atuendo de un aventurero, con colores muy vistosos.

Finalmente, mi sugerencia para el personaje del narrador es que su ropa resulte elegante y cómoda, sin elementos muy llamativos; interesa que transmita la sensación de situarse fuera del tiempo, sin estar sujeto a una moda concreta. El color predominante podría ser el negro, para perderse entre las sombras y volverse «invisible» en los momentos en que convenga hacerlo desaparecer.

DE AVENTURAS

Personajes

Narrador
Aidún
Mario
Dunia

Nota:
Los textos correspondientes a las acotaciones escénicas figuran en color rojo.

1

Luz cenital y suave sobre el Narrador, *que es una presencia algo etérea. En ocasiones, parece difuminarse y no estar, pero, de pronto, aparece de nuevo y entendemos que nunca se fue del todo. ¿Es un hombre? ¿Una mujer? ¿Qué edad tiene? Todo es indeterminado y mágico en este personaje.*

Narrador:
> Érase una vez, en un lugar muy, muy lejano... Bueno, la verdad es que esta historia no ocurre en un lugar lejano. Ocurre aquí al lado. En la buhardilla de una casa normal. En la buhardilla de una casa vieja y normal.

Se ilumina todo el escenario. Aparece una buhardilla húmeda, desordenada, llena de cachivaches. En ella se mezclan los muebles y objetos habituales de una casa (un hornillo, un frigorífico pequeño, una cama, una mesa para comer...)

con elementos propios de un estudio de pintura. La iluminación imita los colores del atardecer y procede de una claraboya.

Narrador:
Ya hemos llegado. Mirad con atención. Cosas, cosas por todas partes… Y bastante polvo también. En este lugar vive Mario.

Como si hubiera sido convocado por la voz del Narrador, Mario entra por un lateral. Es un hombre de unos sesenta años que se desplaza en silla de ruedas.

Narrador:
Ahí lo tenéis. Os preguntaréis: ¿No puede caminar?, ¿por qué? Tranquilos, todas las respuestas llegarán. Mario es ilustrador. Ese es su trabajo, dibuja libros para niños. En este justo momento se dirige a su mesa de trabajo. *(Mario hace lo que el Narrador va indicando)* Prepara sus lápices. Chsss. Silencio, ¡silencio!, se dispone a dibujar.

Mientras Mario traza líneas sobre un papel, vemos proyectado en algún lugar del escenario aquello que está dibujando. Esboza un personaje y vamos presenciando cómo toma forma. Es una chica joven, de aspecto travieso, que sonríe al espectador. Está en una posición divertida: haciendo el pino, cabeza abajo. A su lado, empieza a dibujar a otro personaje: se trata de un duende con barba y bigotes blancos. Cuando termina el dibujo, Mario, *insatisfecho, arruga el folio y lo tira al suelo (donde hay más papeles estrujados). Apaga la lámpara de la mesa de dibujo y se va a otra zona de la habitación a prepararse algo de comer. Mientras vuelve la proyección: el folio que el hombre acaba de tirar al suelo empieza a recuperar su forma hasta quedar de nuevo abierto y extendido. Entonces, el dibujo de la chica empieza a moverse: primero una mano, luego un pie, después la pierna. Finalmente, consigue cambiar de postura y ponerse de pie. Mira a uno y otro lado. Y, como el que se tira a una piscina, salta, se arroja hacia la realidad. Cuando aparece en la buhardilla se estira, llena sus pulmones de aire, se siente libre.*

Aidún:

¡He conseguido salir, ja, ja! Mirad, ¡he salido! ¡Yo solita! *(Se dirige al dibujo del duende, el único que ha quedado en la pantalla)* ¡Razatino! ¿Has visto? ¡Aquí estoy! ¡Ja! Y tú me decías que no merecía la pena intentarlo... Tú, siempre tan pesimista. Pero ya deberías saber que yo siempre consigo lo que me propongo.

Narrador:
> Esta es Aidún. Es el personaje en el que Mario trabaja desde hace varios años. Las Aventuras de Aidún, así se titula la colección que ella protagoniza.

Aidún:
> *(Que se ha puesto en guardia ante la voz del Narrador)* ¿Quién habla?

Narrador:
 Soy yo.
Aidún:
 ¿Quién?
Narrador:
 Yo.
Aidún:
 ¿Y quién eres tú?

NARRADOR:
Aidún no puede verme, aunque sí que me oye.
AIDÚN:
¿Cómo que no puedo verte? ¿Dónde estás? ¿Te has escondido? Ven a luchar conmigo si te atreves.
NARRADOR:
¿Luchar?
AIDÚN:
Luchar, sí, ¡luchar! ¡Como un valiente!
NARRADOR:
Yo no sé luchar.
AIDÚN:
¿Y qué sabes hacer?
NARRADOR:
Contar historias.
AIDÚN:
¿Contar?
NARRADOR:
Soy un narrador. Cuento historias. Ahora estoy contando tu historia y la de Mario.
AIDÚN:
¿Quién es Mario?
NARRADOR:
Él, tu creador. Se llama Mario.
AIDÚN:
Mario…

NARRADOR:
> Sí.

AIDÚN:
> ¿Y estás contando una historia?

NARRADOR:
> Eso es.

AIDÚN:
> ¿Cuál?

NARRADOR:
> Esta. Se titula *De aventuras*.

AIDÚN:
> ¿Y yo soy la protagonista?

NARRADOR:
> Los dos. Mario y tú. Y también aparece Razatino.

AIDÚN:
> *(Señalando el dibujo)* ¿Razatino?

NARRADOR:
> Sí. Y Dunia.

AIDÚN:
> ¿Dunia quién es?

NARRADOR:
> Ya te enterarás. Cada cosa, a su debido tiempo. Ahora, en esta historia, te toca seguir a ti.

AIDÚN:
> ¿Me toca seguir? ¿Seguro?

NARRADOR:
> Sí.

AIDÚN:
> ¿Por dónde?

NARRADOR:
> Has venido hasta aquí, y ahora...

AIDÚN:
> ¡Ah!, claro, sí. *(Con decisión)* He venido hasta aquí y ahora... *(Dudando)* ¿Ahora?

NARRADOR:
> Ahora... Mario... Lo tienes ahí...

AIDÚN:
> ¡Ah, sí, claro! ¡Mario! ¡Je, je! He venido a hablar con él.

NARRADOR:
> Exacto.

AIDÚN:
> *(Se dirige a MARIO desde lejos, con cierta timidez)* ¿Mario? Mario..., ¿me oyes? *(Más alto)* ¡Hola...! *(Gritando)* ¡¡¡Hola!!! *(Se coloca frente a él)* ¡Estoy aquí! Y tampoco puedes verme. Y... ¿si te toco?

Lo hace y MARIO no reacciona.

AIDÚN:
> Pues qué bien, con lo que me ha costado llegar hasta aquí... He tenido que atravesar zonas de una oscuridad tan profunda como el mar, lugares en los que casi no

podía respirar, espacios en los que el silencio era tan denso que podría pincharse con un tenedor, y todo para que ahora no me escuches. ¡¡¡¡Cucú!!!... ¡Nada!... La verdad es que no te imaginaba así. Tan... tan viejo... y en esa silla de ruedas... Siempre pensé que mi creador sería un gran aventurero, como yo... Alguien que viajaba por todo el mundo, ¡viviendo grandes hazañas! Pero tú...

Mario ha terminado de preparar su cena y se dispone a comer en la mesa.

Aidún:
Oye, Mario, escúchame, escúchame un poquito, que me ha costado mucho venir hasta aquí... A lo mejor no había tanta oscuridad ni tanto silencio como he dicho antes, pero no ha sido fácil... *(Se sienta sobre la mesa, muy cerca de él)* Todos me decían que no podría... Especialmente Razatino, que, como siempre, me repetía una y otra vez que estaba loca, que eso no se podía hacer, que no merecía la pena... Pero ya ves: aquí estoy. Porque... ¡necesito hablar contigo!...

Mientras habla, juega con los objetos que hay encima de la mesa. Mario *no se percata de nada.*

Aidún:
Hace mucho que no me dibujas ninguna aventura. Meses, ya. Y he sido paciente y he esperado. Porque, bueno, pensé que estarías descansando de mí por un tiempo... ¡Pero ya no aguanto más! ¡Y por eso he venido hasta aquí! Porque yo sin aventuras, no soy nadie. ¿Qué... qué ha pasado? ¿Ya no sabes qué más imaginar? Me aburro, Mario. Sin aventuras, ¡me aburro! *(Poniéndose en pie)* ¿Te acuerdas de la primera aventura que escribiste para mí? ¿Cómo se titulaba?... No lo recuerdo bien... Pero sí sé que ocurría en el mar. En un barco veloz y muy resistente. Yo luchaba contra un grupo de malvados piratas que tenían retenido a mi capitán...

Poco a poco, combinando efectos de luz, sonidos, música y algunos de los objetos diseminados por la buhardilla, una parte del escenario se transforma en la cubierta de un barco. Allí vemos a Aidún *convertida en marinera, enfrentándose a sus enemigos. Dice frases como: «Ven aquí, bellaco»; «Te voy a dar una lección»;*

«¿Dónde tenéis secuestrado a mi capitán?»; «Tendré compasión y os perdonaré la vida», etcétera. Finalmente, sale victoriosa de la batalla. Mientras tanto, MARIO, que no se percata de nada, termina de cenar y se dispone a acostarse. Poco a poco, la situación en el escenario vuelve a la normalidad.

AIDÚN:

(Acercándose a MARIO) ¿Ves? ¿La recuerdas? Era una buena aventura. ¿Por qué ya no escribes para mí? Una como esta. En un barco. O en la selva. O en el espacio intergaláctico. Donde sea, pero necesito aventuras… ¿Es que ya te has cansado de mí?

El espacio escénico se oscurece poco a poco. Solo queda una luz cenital sobre el NARRADOR.

NARRADOR:

Cae la noche sobre la ciudad. Lentamente. El cielo se oscurece, los padres acuestan a los niños, quizá les leen Las Aventuras de Aidún para dormir. Mario se acuesta también. Aidún, resignada, vuelve al mundo de los dibujos. Mario, esta noche, no va a tener dulces sueños.

Luz tenue. La pantalla de proyección muestra los sueños de Mario. *Al principio vemos colores claros, pero pronto empiezan a aparecer lúgubres sombras que se van comiendo lo que hay a su alrededor, invadiéndolo todo. Mientras,* Mario *se revuelve en la cama.*

Mario:

(En sueños) ¡No! ¡No! ¡No quiero ir! ¡Dejadme! ¡Apartaos de mí! ¡Dejadme!...

El escenario se oscurece lentamente. Solo queda una luz cenital sobre el Narrador.

Narrador:

Y así, más o menos, transcurrió toda la noche. Las doce, la una de la madrugada, las cuatro, las seis, hasta que, poco a poco...

2

Por la claraboya de la buhardilla entra una luz matinal.

NARRADOR:

La ciudad despierta. Las casas huelen a café, ¡a leche con cacao!, a tostadas con mantequilla, a magdalenas calientes... Ruido de coches. Colores de amanecer.

Se ilumina todo el espacio. En escena, está una muchacha joven. Se parece mucho a AIDÚN, aunque no tiene el aspecto de una aventurera, sino el de una persona normal, sencilla. Está terminando de barrer el suelo.

NARRADOR:

Esta es Dunia, la sobrina de Mario. Viene a verle casi todos los días. Es quien cuida de él.

Se escucha el sonido de la cisterna y del grifo del lavabo. MARIO *entra desde el lateral en su silla de ruedas, con aspecto de recién levantado.*

MARIO:
No hace falta que limpies, ¿cuántas veces te lo tengo que decir para que me hagas caso?

DUNIA:
No me cuesta ningún trabajo... Y está todo muy descuidado. No sé cómo puedes vivir así.

MARIO:
A mí me gusta. Si quisiera todo reluciente, pagaría a alguien para que viniera a limpiar. Afortunadamente, tengo dinero. No necesito vivir de la caridad de nadie.

DUNIA deja la escoba y el recogedor en la cocina. Sobre el frigorífico, descubre un sobre.

DUNIA:
¿Esto qué es? *(Coge el sobre y lo observa)* Te la envían del hospital.

MARIO:
Déjala ahí.

Dunia:
> Ni siquiera la has abierto.

Mario:
> No necesito saber lo que dice.

Dunia:
> Pues yo sí. *(Se dispone a abrir la carta)*

Mario:
> Dunia, ¿qué haces? ¡Te prohíbo…! *(Intenta quitarle a Dunia la carta de las manos, pero esta no se lo permite)* ¡Deja eso en su sitio! ¡Es un delito leer las cartas ajenas!

Dunia, sin hacer caso de las protestas de su tío, se aleja un poco y comienza a leer la carta para sí.

Narrador:
> Seguro que queréis saber lo que dice ese papel. Dunia está leyendo: «Señor Hernández: Me pongo en contacto con usted puesto que no ha acudido a las dos últimas citas que tenía concertadas conmigo».

Dunia:
> ¿Has dejado de ir al hospital?

Mario:
> Solo he faltado algún día. No me encontraba bien.

Dunia:
> ¿Por qué no me llamaste para que te acompañara?

Mario:
> No pasa nada si dejo de ir alguna vez.

Dunia continúa leyendo.

Narrador:
> «Le recuerdo que si no sigue el tratamiento prescrito, su situación empeorará. El equipo de traumatología estima conveniente intervenirle quirúrgicamente lo antes posible. Es por ello que vuelvo a citarle, por última vez...».

Dunia:
> Te citan para este viernes. Dicen que si esta vez no vas archivarán tu expediente.

Mario:
> Pues muy bien.

Dunia:
> ¿No vas a ir?

Mario:
> No lo sé.

Dunia:
> ¡Pero es importante!

Mario:
> Me da igual.

Dunia:
¿Cómo que te da igual?
Mario:
Solo quiero que me dejen tranquilo.
Dunia:
Pero… ¿por qué te estás haciendo esto?
Mario:
¿¡Yo!? ¿Yo? ¿Te crees que he elegido yo esta enfermedad?
Dunia:
¡Hay tratamiento!
Mario:
¿En serio?
Dunia:
¡Eso dice aquí!
Mario:
¡Eso dicen siempre! ¡Eso llevan diciendo desde el principio! Y mira cómo estoy… ¿Tú me ves mejor?
Dunia:
Pero… ¿No te das cuenta? Tienes que operarte, si no…
Mario:
No pienso volver al hospital.

El Narrador hace un gesto con las manos. Inmediatamente, Mario y Dunia quedan inmóviles, como si el tiempo se hubiera detenido.

NARRADOR:
> Aquí tenemos que hacer una pausa. Para que podáis entender bien la historia, necesitáis conocer algunos antecedentes. Mario tiene una enfermedad llamada osteomielitis crónica. Un nombre raro, sí. Es una infección grave de los huesos. El problema de Mario está en la columna vertebral. Le han hecho ya muchas pruebas y ha tenido que pasar bastante tiempo hospitalizado. En los últimos meses, su situación ha empeorado; aunque está tomando antibióticos, tienen que operarlo para quitarle los fragmentos de los huesos más afectados.

El NARRADOR repite el gesto y MARIO y DUNIA vuelven a la normalidad.

MARIO:
> Vamos a ver, vamos a ver. Aclaremos las cosas. Yo soy un adulto. Un adulto consciente, aunque todos me tratéis como a un niño. Y si tomo una decisión, tenéis que respetarla.

DUNIA:
> Una decisión equivocada.

MARIO:
> Dame la carta, por favor. ¡Dámela!

Ella se la da y él la rompe en cuatro trozos.

MARIO:
> ¿Ves? Ya está. Se acabó el problema.

Se crea un silencio incómodo entre los dos. DUNIA se agacha, recoge del suelo los trozos de la carta y se queda mirándolos.

MARIO:
> ¿Me has traído algo de comer?

DUNIA:
> Sí. Lo tienes en el frigorífico.

MARIO:
> ¿Qué es?

DUNIA:
> Carne. Y macarrones.

MARIO:
> ¿Les has puesto queso?

DUNIA:
> No.

MARIO:
> Ya sabes que no me gusta el queso.

DUNIA:
> Sí, lo sé.

Mario:
> No me sienta bien.

Nuevo silencio incómodo.

Dunia:
> Bueno, tengo que irme… *(Deja los trozos de la carta sobre la mesa de dibujo)* Aquí te dejo esto, por si cambias de opinión. Hoy es martes. Tienes tres días para pensártelo.

Mario:
> Ya está decidido.

Dunia:
> ¿Tanto miedo tienes?

Mario:
> ¿Miedo? No… El miedo se cura con la edad.

Dunia:
> Pero ¿no te das cuenta de lo que…?

Mario:
> Anda, vete ya, que se hace tarde.

Dunia:
> Sí es miedo, digas lo digas. Está bien. Hasta luego.

Dunia le da un beso a Mario en la mejilla y sale.

MARIO:
> *(Hablando para sí)* ¿Por qué no me dejan tranquilo? Es mi decisión, tengo derecho... Pero todos hablan y opinan: «Deberías hacer esto», «Deberías hacer lo otro...». Los médicos, los vecinos, y ahora Dunia también... Todos hablan de lo que harían si estuvieran en mi lugar. ¡Pero ninguno de ellos está en mi lugar! ¡Ninguno de ellos tiene esta enfermedad! Y estoy cansado de pruebas, de pinchazos, de este dolor que no se va nunca... Solo quiero quedarme aquí... Y que pase lo que tenga que pasar... ¿Por qué nadie lo entiende?

NARRADOR:
> *(El NARRADOR vuelve a hacer el mismo gesto de antes y MARIO se queda estático)* Ya habréis notado cuánto se parecen Dunia y Aidún.

En la proyección aparece una fotografía de DUNIA y vamos descubriendo cómo, a partir de ella, una mano va dibujando a AIDÚN en un papel en blanco, corrigiendo detalles, rectificando, hasta llegar a su apariencia final.

NARRADOR:
> Mario se basó en su sobrina para crear a

Aidún. Fue un regalo. Empezó a inventar historias para leérselas a Dunia, y luego para que ella misma las leyera. Y, como algunos tal vez ya habréis observado, incluso el nombre del personaje, Aidún, juega con las letras que forman Dunia.

En la proyección vemos como las letras que forman el nombre «Dunia» cambian de lugar hasta convertirse en «Aidún».

Narrador:
Eran otros tiempos, tiempos felices, cuando la enfermedad de Mario todavía no se había desarrollado.

Queda en la pantalla la imagen de Dunia y el dibujo de Aidún. El Narrador devuelve a Mario a la normalidad.

Mario:
(De nuevo para sí mismo) Que pase lo que tenga que pasar… ¿Miedo? No, no es miedo… Es cansancio.

Aidún comienza a moverse poco a poco, cada vez con más habilidad, hasta que de nuevo salta a la realidad.

Aidún:

Ya estoy otra vez por aquí. No te vas a librar de mis visitas.

Mira la foto de Dunia, *que ha quedado sola en la proyección.*

Aidún:

¡Anda, pero si esa soy yo! *(Se acerca a la foto para mirarla detenidamente)* Aunque hay algo distinto… Esta chica es como… más… como…. ¡Claro, ya lo entiendo! *(A* Mario*)* Te inspiraste en ella para crearme a mí. ¿Quién es? *(Se acerca más y la toca)* Debe ser alguien especial para ti… *(Breve pausa)* Pero, entonces, ¿yo soy la copia de otra persona? ¡No, no! ¡No puede ser! Nos parecemos, pero somos diferentes… Ella no es tan fuerte ni tan hábil como yo. Parece un poco debilucha. ¿A que ella no puede hacer esto?

Se pone a dar volteretas, a hacer el pino, a mostrar su repertorio de habilidades.

Aidún:

Seguro que ella no es tan valiente ni tan ágil. Ni lucha contra los enemigos con los que yo me enfrento en cada aventura. ¡Y siempre les gano, ja, ja! ¡Porque no hay nadie como yo! Yo soy única: soy Aidún, ¡la aventurera! *(Transición. Pierde el entusiasmo)* La aventurera, sí… Y, por eso, sin aventuras, no soy nadie. Ni Aidún ni nadie… ¡Mario! ¡Escúchame!

Mario no reacciona. Coge un libro y se dispone a leer.

Aidún:
¡Nada! ¿Qué puedo hacer? ¡Eh, tú, narrador! ¡Narrador! ¿Dónde te has metido?

Narrador:
Estoy aquí.

Aidún:
¿Por qué no me ayudas?

Narrador:
Es tu historia, no la mía. Yo solo puedo narrar.

Aidún:
Ya… Pero en muchas historias, los héroes consiguen ayuda. ¿Verdad? Alguien… un amigo… que llega en el momento más crítico, ¿verdad? Alguien que… les da una idea, por ejemplo. ¿No? Yo allí, en el mundo de las aventuras, tengo a mis compañeros.

NARRADOR:

¿Como Razatino?

AIDÚN:

Bueno, Razatino casi nunca ayuda. Porque siempre está protestando y diciendo que esto no se puede hacer y que aquello tampoco y que lo de más allá es demasiado peligroso...

NARRADOR:

Es un antihéroe.

AIDÚN:

¿Un qué?

NARRADOR:

Un antihéroe. Lo contrario de un héroe. Es alguien que no lucha, que se rinde, que es cobarde...

AIDÚN:

¡Vaya! ¡Un antihéroe! Cuando lo vea, se lo diré: «Eres un antihéroe, Razatino». Se pondrá contento al saber que es algo... especial..., con un nombre propio: «antihéroe». Pero, bueno, lo importante es que aquí, ahora, no tengo a nadie que me ayude, ¿verdad? Ni Razatino ni ningún otro. Solo tú puedes darme alguna idea sobre qué hacer para que Mario me oiga.

NARRADOR:

Pero... No sé si me está permitido intervenir en la sucesión de los hechos que...

AIDÚN:
¿Quién se va a enterar?
NARRADOR:
Además, no sé cómo puedo ayudarte. Yo no soy un aventurero...
AIDÚN:
Pero sabes mucho de historias, ¿verdad?
NARRADOR:
Sí.
AIDÚN:
Pues dame alguna idea.
NARRADOR:
¿Sobre qué?
AIDÚN:
¡Pues sobre qué va a ser! Sobre qué hacer para que Mario pueda verme y oírme. Necesito que sepa que estoy aquí. Necesito decirle que quiero que siga escribiendo aventuras para mí.
NARRADOR:
En fin... No sé... Si yo fuera tú, probaría... probaría cuando está... en otro mundo...
AIDÚN:
¿En otro mundo?
NARRADOR:
Sí...
AIDÚN:
No te entiendo. ¿Es un acertijo?

NARRADOR:

Cuando su cuerpo está aquí, pero su mente… su mente está… está… en otro mundo.

AIDÚN:

¿Su cuerpo aquí y su mente…?

NARRADOR:

Su cuerpo esta aquí y su mente está… en otro mundo…

AIDÚN:

¡Claro! ¡Cuando está dormido! ¡Hablarle mientras sueña!

NARRADOR:

¡Buena idea!

AIDÚN:

Pero si ha sido tuya…

NARRADOR:

No, no… Yo solo te he dado una pista.

AIDÚN:

Tú sí que sabes contar una historia sin involucrarte. Je, je. Pues gracias por la pista. Lo intentaré. No tengo nada que perder.

El espacio escénico se oscurece lentamente. Solo queda una luz cenital sobre el NARRADOR.

NARRADOR:

(Al público) Así, más o menos, transcurrió todo el día. Mario estuvo leyendo un rato,

comió, intentó dibujar, aunque rompía todo lo que salía de sus lápices. Nunca estaba satisfecho. Aidún lo miraba, mientras se entretenía con los objetos de la casa. Esperaba y esperaba. Hasta que las horas pasaron…

Luz sobre escena. Ha anochecido. MARIO está poniéndose el pijama.

NARRADOR:
Y entonces… Cae la noche sobre la ciudad. Lentamente. El cielo se oscurece, los padres acuestan a los niños, quizá les leen Las Aventuras de Aidún para dormir. Mario se mete en su cama también. Esta noche va a recibir una visita muy especial.

Proyecciones del sueño de MARIO: formas indefinidas azules, blancas. Mientras sueña, AIDÚN surge de entre los cachivaches de la buhardilla. Se acerca a la cama.

AIDÚN:
Mario… ¿Mario? Mario… ¿Me oyes?
MARIO:
Sí.
AIDÚN:
¿De verdad?

Mario:
>¿Quién eres?
Aidún:
> Soy Aidún.
Mario:
> Aidún.
Aidún:
> Sí. Tu personaje. ¿Me recuerdas?
Mario:
> Sí.
Aidún:
> ¿Qué estás soñando?
Mario:
> Salto por los tejados.
Aidún:
> ¡Qué bien!
Mario:
> Aidún...
Aidún:
> Sí.
Mario:
> ¿Qué haces aquí?
Aidún:
> He venido a hablar contigo, a pedirte que, por favor, sigas dibujando mis aventuras.
Mario:
> Aventuras.

Aidún:

Sí. Una, al menos. La que tú quieras. La que te apetezca.

Mario:

Aidún.

Aidún:

Hace mucho que no creas ninguna historia para mí. ¿Qué te pasa? ¿Has perdido la inspiración? ¿O es que ya no te divierto?

Mario:

Tengo frío. *(Aidún arropa bien a Mario. Los sueños empiezan a cambiar, los azules se oscurecen, como si se aproximara una tormenta)* ¡El viento! ¡Me caigo!

Aidún:

No, no te caes.

Mario:

¡Sí! ¡El viento! ¡Mis piernas! ¡Me duelen!

Aidún:

Es un sueño. No vas a caerte. Salta una vez más... Inténtalo.

Mario:

Mis piernas...

Aidún:

¡Vamos! ¡Arriba!

Mario:

Tengo miedo.

AIDÚN:

Yo te sujeto. Venga. Seguro que puedes volar. Abre mucho los brazos. Así.

Poco a poco, la tormenta se disipa. Vuelve el cielo azul.

AIDÚN:

Muy bien. ¡Muy bien!

MARIO:

¿Y si me caigo?

AIDÚN:

No te caerás. Es tu sueño. No te rindas.

MARIO:

¡Estoy volando!

AIDÚN:

¡Venga más alto!

MARIO:

¡Soy un pájaro! Mira, ¡vuelo sobre la ciudad!

AIDÚN:

Sí. Eres un hombre-pájaro.

MARIO:

Un hombre-pájaro.

AIDÚN:

Sí. Pero cuando despiertes, no te olvides de lo que te he dicho.

MARIO:

Aidún.

AIDÚN:
> Eso es. Soy Aidún y te estoy esperando. Necesito tus aventuras, ¿me entiendes?

MARIO:
> Sí.

AIDÚN:
> Yo te he ayudado a seguir volando. ¿Verdad? Tú me tienes que ayudar también.

MARIO:
> Sí.

AIDÚN:
> Una aventura por los aires. Como en tu sueño.

MARIO:
> Una aventura por los aires.

AIDÚN:
> Eso es. Sigue soñando. Sigue volando. Todavía no ha amanecido.

El escenario se oscurece lentamente. Solo queda una luz cenital sobre el NARRADOR.

NARRADOR:
> Y así, más o menos, transcurrió toda la noche. Las doce, la una de la madrugada, las cuatro, las seis, hasta que, poco a poco...

3

Por la claraboya de la buhardilla entra una luz matinal.

NARRADOR:

La ciudad despierta. Las casas huelen a café, ¡a leche con cacao!, a tostadas con mantequilla, a magdalenas calientes… Ruido de coches. Colores de amanecer.

Se ilumina, por fin, todo el espacio.

NARRADOR:

Mario comienza a despertar.

MARIO se despereza. Se queda sentado un momento al borde de la cama. Alcanza su silla de ruedas, se acomoda en ella y, muy decidido, se acerca a la mesa de dibujo. Comienza a esbozar una ciudad, y un avión surcando el cielo. En la pantalla se reproducen sus trazos. AIDÚN se acerca a MARIO.

Aidún:

> Muy bien. Ese cielo me gusta. Y ese avión, sí, estupendo, pero ponle unas alas más grandes.

Mario borra las alas y dibuja unas más grandes. Empieza una nueva ilustración en la que Aidún aparece vestida de piloto y montada en su avión.

Aidún:

> Soy la piloto Aidún, conocida por mi valentía y destreza en el aire. Estas son mis gafas de pilotar. Y mi gorro.

Mientras Mario dibuja, tanto la propia Aidún como el entorno se van transformando en una copia del dibujo.

Aidún:

> Aquí estoy manejando mi nave, que es la más rápida surcando el cielo. Mi avión y yo... ¿Cómo se llama mi avión? ¿Cómo se llama? ¡Narrador!

Narrador:

> ¿De qué color es?

Aidún:

> ¿Mi avión? Negro.

Narrador:

Podría llamarse como... como esa forma oscura que todos los objetos tienen a los pies mientras son iluminados...

Aidún:

Sombra. Me gusta, sí. Gracias. ¡Adelante, Sombra! Prepárate para volar. No puedes fallarme. Un terrible enemigo quiere destruir la ciudad y posee un arsenal de armas muy sofisticado. Pero yo, Aidún, la justiciera más rápida e intrépida, iré en su busca y conseguiré desactivar todas las bombas y...

Mario siente una punzada en la espalda. Deja de dibujar. Aidún va perdiendo su fuerza, su entusiasmo. El mundo surgido alrededor se va desvaneciendo.

Aidún:

(A Mario) No, no te pares. Venga, ya has empezado. Empezar es lo más difícil. *(Al Narrador)* ¿Por qué se para?

Narrador:

Eso solo puede contestarlo él.

Aidún:

Pero me lo prometió... ¡Anoche me lo prometió! *(A Mario)* ¿Por qué no sigues?

Mario se dirige nuevamente a la cama y se tumba. Se queda allí, mirando fijamente al techo.

AIDÚN:

No puedes volver a acostarte… Ya es de día… ¡Sigue dibujando, venga! Esto es inútil. No me oye…

NARRADOR:

Tendrás que esperar a la noche.

AIDÚN:

¡Ya habíamos empezado! ¿Y ahora…? ¿Cómo voy a dejar esta aventura a medias? No puedo. No puedo dejar a los malvados sueltos para que se salgan con la suya.

NARRADOR:

¿Y qué vas a hacer?

AIDÚN:

Voy a seguir.

NARRADOR:

¿Tú sola?

AIDÚN:

Sí. Esta aventura la voy a vivir yo sola. Ya tengo un título: *Aidún contra el capitán Destructor*. ¿Qué te parece? ¡Voy a intentarlo, sí! *(A MARIO)* Si no me escribes aventuras tú, me las crearé yo misma.

Nueva transformación del espacio. AIDÚN *lucha contra el ejército enemigo. Pronuncia frases sueltas: «Capitán Destructor, yo me enfrentaré a ti»; «¿Dónde has escondido las armas, maldito bellaco?»; «¡Más rápido, Sombra, que nos alcanza!»; «¡Ah!, ¿intentas derribarme? No lo conseguirás»... Escenifica la lucha. Parece que va a ganar, pero en un momento determinado se descuida y Sombra cae derribado por los disparos de su enemigo. En contra de todos los pronósticos,* AIDÚN *no vence al capitán Destructor. Su avión es destruido, y ella, derrotada.*

AIDÚN:

¿Qué? ¿Qué ha pasado? ¡Me ha vencido! Esto... no puede ser... Yo... ¿Cómo he podido perder? Yo nunca pierdo.

NARRADOR:

(Al público) Aidún acaba de descubrir el precio de la libertad.

AIDÚN:

¿La libertad?

NARRADOR:

Cuando eres tú quien toma tus propias decisiones. Cuando no hay nadie para escribir la historia por ti. ¿A que ha sido diferente?

Aidún:
Sí… Diferente, sí. Y al principio… me gustaba. Era una sensación distinta… Sentía… Sentía como cosquillas aquí dentro, en la barriga… Y mi corazón hacía pum pum, pum pum, más fuerte y más acelerado…

Narrador:
Es la reacción física al miedo.

Aidún:
¿Miedo?

Narrador:
Sí. Cuando siente que hay algún peligro, el cuerpo segrega adrenalina.

Aidún:
Pero… yo nunca tengo miedo.

Narrador:
Ahora sí lo has tenido, porque estabas luchando por ti misma.

Aidún:
Y, al respirar, el aire también entraba y salía más rápidamente…

Narrador:
¿Y eso te gustaba?

Aidún:
¡Claro!… Era divertido… Era… diferente… Pero, al final, ¡el capitán Destructor me ha derrotado!

NARRADOR:
> Sí.

AIDÚN:
> ¡Pero no puede ser! ¡Yo...! ¡Yo soy invencible!

NARRADOR:
> No, era Mario quien hacía que fueras así: invencible. Porque él elegía por ti. Pero cuando eres libre para decidir, puedes ganar, aunque también puedes perder.

AIDÚN:
> Eso no me gusta. No me gusta perder.

NARRADOR:
> Por eso sentías ese hormigueo en la barriga, y ese pum pum en el corazón, porque te esforzabas de verdad. Porque mientras pilotabas tu avión, no sabías si conseguirías ganar esta batalla.

AIDÚN:
> ¡Pero yo quiero ser invencible!

NARRADOR:
> Pues tendrás que renunciar a tu libertad y esperar a que Mario vuelva a inventar historias. Pero si quieres ser libre y sentir emociones, entonces debes aprender a perder.

AIDÚN:
> ¿Aprender a perder?

Narrador:
Las personas libres a veces ganan y a veces pierden. Mira a Mario. Él ha perdido muchas veces.

Aidún:
¿Por eso está así? ¿Tan... triste? ¿Por eso no dibuja?

Narrador:
Tal vez... Pero el que pierde, también gana. Gana sabiduría, porque aprende a sobreponerse, a luchar contra el enfado, contra la frustración, aprende también a asumir que se equivocó, aprende a conocer sus limitaciones…

Aidún:
¿Él ha aprendido todo eso?

Narrador:
No lo sé… Cada persona tiene su propio proceso… Quizá él está aprendiendo poco a poco… ¿Y tú? ¿Qué vas a hacer? ¿Piensas intentarlo otra vez?

Aidún:
¿Otra aventura? ¿Contra el capitán Destructor?

Narrador:
Por ejemplo.

Aidún:
No lo sé… ¿Y si pierdo otra vez?

NARRADOR:
> Ese es el riesgo.

AIDÚN:
> Aunque a lo mejor esta vez le gano…

NARRADOR:
> A lo mejor.

AIDÚN:
> Es que antes me despisté. No sabía que su avión era tan rápido.

NARRADOR:
> Ahora lo tendrás en cuenta.

AIDÚN:
> Y, si gano, seré yo sola quien habrá ganado, sin ayuda de nadie.

NARRADOR:
> Y, si pierdes, aprenderás qué es lo que has hecho mal.

AIDÚN se queda un momento en silencio, pensativa, tratando de tomar una decisión.

AIDÚN:
> Sí. Lo voy a intentar, sí.

Nueva transformación del espacio. AIDÚN se prepara para luchar contra el capitán Destructor. Esta vez tiene más cuidado, trata de no cometer los mismos errores. La luz se atenúa, solo queda un foco cenital sobre el NARRADOR.

NARRADOR:
Así fueron pasando las horas. Mario siguió con su rutina: leer, comer lo que Dunia había cocinado para él, fregar los platos, oír música... No volvió a dibujar en todo el día. Aidún, mientras tanto, vivía nuevas aventuras. A veces ganaba, a veces perdía. Poco a poco iba descubriendo la libertad. Hasta que el sol se ocultó... Y entonces...

Luz sobre escena. Ha anochecido. MARIO *está poniéndose el pijama.*

NARRADOR:
Cae la noche sobre la ciudad. Lentamente. El cielo se oscurece, los padres acuestan a los niños, quizá les leen Las Aventuras de Aidún para dormir. Mario se mete en su cama también.

MARIO *se acuesta y empieza a soñar. En la pantalla se van superponiendo y moviéndose figuras indefinidas de colores anaranjados.* AIDÚN *se acerca a la cama.*

AIDÚN:
Hola, Mario.

Mario:
   Aidún.
Aidún:
   ¿Qué sueñas?
Mario:
   Todavía no lo sé.
Aidún:
   ¿Quieres que te cuente algo?
Mario:
   Claro que sí.
Aidún:
   ¡Hoy he aprendido a usar la libertad!
Mario:
   ¿La libertad?
Aidún:
   Sí... He creado varias historias de aventuras, yo sola. Con enemigos terribles. ¡Ha sido increíble! Venga, ven, ven conmigo.
Mario:
   ¿Para qué?
Aidún:
   ¡Vamos a inventar una nueva aventura! Los dos juntos. Ya verás qué divertido. ¡Venga, levántate!

Las formas y los colores proyectados en la pantalla cambian al compás de la acción.

Mario:

(Se incorpora) No puedo levantarme. ¿No ves que estoy enfermo? Las piernas no me aguantan.

Aidún:

Sí, ahora sí. Ahora puedes hacer todo lo que quieras, porque estás soñando.

Mario:

¡He dicho que no!

Aidún:

¡Venga, Mario! ¡Usemos nuestra libertad! ¡Ya verás como…!

Mario:

¿Qué libertad? Yo no soy libre. Estoy aquí, encerrado en este cuerpo viejo y estropeado, ¡y no puedo salir de él! ¿No te das cuenta? Esto no es ser libre. Así que déjame tranquilo. Solo quiero dormir… La vida es más sencilla cuando estás dormido.

Aidún:

Ya veo… ¡Y yo que siempre pensé que debías de ser un gran aventurero! Siempre te imaginé como alguien fuerte y vital y alegre…

Mario:

Tú no sabes nada de mí.

Aidún:

Sí que sé. Ahora sí. Esto que te pasa también ocurre en los cuentos: hay personajes que se rinden o que nunca luchan, que solo saben quejarse y quejarse. Como Razatino.

Las sombras parecen dibujar el contorno del personaje aludido.

Aidún:

Siempre encerrado en su cueva. Siempre protestando porque la vida lo ha tratado mal. ¡Pero nunca intenta cambiar nada! Es un cobarde. Un antihéroe. Y tú eres como él. Tienes demasiado miedo.

Mario:

¡Cállate!

Aidún:

Puedes enfadarte todo lo que quieras, pero aquí no mandas tú. Aquí no soy solo el personaje que tú inventas; aquí, en el mundo de los sueños, soy libre y puedo decirte lo que pienso de ti.

Mario:

¿Conque eres libre, eh? ¿Conque crees que sabes cómo funciona el mundo real? Muy bien. Ahora vas a saber qué es lo que ocurre en el mundo real.

Las luces se agitan furiosas. Mario *se levanta airado y se dirige hacia algunos ejemplares de* Las Aventuras de Aidún. *Empieza a romper sus hojas en trocitos y a tirarlos a la papelera.*

Aidún:
¿Qué haces?
Narrador:
¡No!
Mario:
En el mundo real, las cosas se rompen, desaparecen, se marchitan, se estropean.
Aidún y Narrador:
¡No hagas eso!

El Narrador *intenta con su magia que la acción se detenga, pero no lo consigue.* Mario *continúa destrozando los libros.*

Mario:
En la vida real no somos héroes. Ni aventureros. Somos personas que enferman, que envejecen, que se ven obligadas a vivir sentadas en una maldita silla de ruedas.
Narrador:
¡Para, Mario! ¡Para!
Aidún:
Me estás haciendo daño.

Mario:

> Somos niños y adultos egoístas, entérate de una vez; que pensamos solo en nosotros mismos y hacemos daño. Sí, sabemos cómo hacer daño a los demás.

A medida que Mario rompe los libros, Aidún pierde fuerza, hasta caer como muerta al suelo.

Narrador:

> Esto no, no estaba previsto... No tenía que pasar... *(A Mario)* ¿Qué has hecho? ¿Por qué?

Mario se detiene, su furia se atenúa. Se da cuenta entonces de lo que ha provocado. Corre hacia Aidún. Los colores de la proyección se apaciguan, se vuelven tristes.

Mario:

> ¡Aidún! ¡Aidún! Yo no quería... Lo siento... ¡Aidún! ¿Cómo he llegado a...?

Intenta reanimarla. La zarandea. Trata de escuchar su corazón.

Narrador:

> Así no puedes ayudarla.

Mario parece no oírle, pero el Narrador continúa hablándole.

NARRADOR:
¿Entiendes? Ella no es real. No tiene un cuerpo real. Es un dibujo. Y tú eres su autor. Solo hay una manera de salvarla. Solo una. ¡Venga! ¡No pierdas más tiempo!

Mario reacciona y se dirige rápidamente a su mesa de trabajo. Empieza a dibujar a Aidún. La figura del personaje se hace visible en la pantalla, entre unos colores cada vez más tenues. Al tiempo que la imagen se forma, Aidún vuelve en sí. Con cada trazo recupera sus fuerzas, hasta que Mario termina de dibujarla y ella se incorpora del suelo. Mario va hacia ella.

MARIO:
¿Estás bien?
AIDÚN:
¿Qué ha pasado?
MARIO:
Lo siento. Yo...
AIDÚN:
Estoy cansada.
MARIO:
Perdóname. Te he hecho daño. ¿Estás bien?

AIDÚN:
No lo sé.
MARIO:
Venga, ¡vamos a vivir una aventura! Eso es lo que más te gusta, ¿verdad?
AIDÚN:
No puedo. Me duele el cuerpo.
MARIO:
No digas eso... No... Por favor. ¿Qué aventura quieres? ¿Una de piratas? ¿O mejor en un desierto? ¡Venga, Aidún! ¡No te rindas! Tienes que recuperarte, vamos... ¿Y una aventura en el fondo del mar?
AIDÚN:
¿En el fondo del mar?
MARIO:
Sí.
AIDÚN:
¿Con tiburones?
MARIO:
Y con pulpos gigantes.
AIDÚN:
¡Pulpos gigantes!
MARIO:
Vamos... Érase una vez una sirena.
AIDÚN:
Una sirena aventurera.

Mario:
> Llamada Aidún.

Aidún:
> Que vivía en el fondo del mar...

Una zona del escenario se transforma para que Mario y Aidún vivan juntos esta nueva aventura en el fondo del mar. Es una aventura tranquila, sin grandes enemigos o peligros. Se trata de dos amigos que viven en el mar, rodeados de animales a los que cuidan, con los que juegan y se divierten. Colores alegres en la pantalla. Tras los primeros compases de esta aventura marina, el espacio escénico se oscurece lentamente. Solo queda una luz cenital sobre el Narrador.

Narrador:
> Y así, más o menos, transcurrió toda la noche. Mario y Aidún vivieron nuevas aventuras. Las doce, la una de la madrugada, las cuatro, las seis, hasta que, poco a poco...

4

Por la claraboya de la buhardilla entra una luz matinal.

Narrador:

La ciudad despierta. Las casas huelen a café, ¡a leche con cacao!, a tostadas con mantequilla, a magdalenas calientes... Ruido de coches. Colores de amanecer.

Mario se despierta. Se le ve distinto, más alegre. Se pone de pie. No usa la silla de ruedas. Camina con dificultad, se dirige lentamente hacia sus libros. Se detiene un momento para observar el dibujo de Razatino, el duende gruñón. Después se fija en la carta del hospital, que continúa hecha cuatro pedazos sobre la mesa. Junta los trozos de la carta y se queda mirándolos. Al poco, llaman a la puerta. Mario se guarda los trozos de papel en el bolsillo. Se apoya en diferentes objetos para poder caminar. Abre la puerta y entra Dunia.

Dunia:
　Tío Mario... Estás... Estás... ¿Estás bien?
Mario:
　Sí.
Dunia:
　¿Qué...? ¿Qué ha pasado?
Mario:
　Nada... Solo estaba... probando cómo se encuentran mis piernas... *(Se acerca a la silla de ruedas y se sienta ella)* Pero parece que no aguanto mucho.
Dunia:
　Te he traído arroz. Te lo dejo por aquí.
Mario:
　Gracias.

Breve silencio.

Dunia:
　(Repara en los libros que Mario estaba mirando) Las Aventuras de Aidún. ¿Vas a retomar la colección?
Mario:
　No sé... En realidad... Estaba pensando más bien en iniciar una nueva.
Dunia:
　¿En serio? Eso es... estupendo...

Mario:
> ¿Te acuerdas de Razatino?

Dunia:
> ¿Razatino?

Mario:
> El duende que salía en algunas de las historias del bosque. Míralo *(mostrándole el dibujo del libro)*, aquí está.

Dunia:
> ¡Ah, sí! Ya me acuerdo. Un duende bastante insoportable, ¿verdad?... Siempre se estaba quejando.

Mario:
> Sí, es cierto... Era así... Pero he pensado que... podría recuperarlo. Empezar una serie con él como el protagonista. Que cuente por qué es así, por qué se queja tanto, por qué está tan triste. Realmente ahora lo veo de otra manera. Quizá no lo había escuchado lo suficiente, no le había dado su verdadera importancia como personaje. Él se encuentra mal, sí. Pero... me gustaría darle la oportunidad de cambiar. Y de que termine convirtiéndose en un aventurero.

Dunia:
> Me gusta.

Mario:
> ¿Sí?

DUNIA:
> Me gusta mucho.

Breve pausa.

MARIO:
> Dunia... La verdad es que... no..., no sé qué hacer...

DUNIA:
> ¿Te refieres a la operación?

MARIO:
> ¿Y si quedo peor de lo que estoy? Es que... no sé si tengo fuerzas para... Ya no sé... ¿Tú confías en los médicos?

DUNIA:
> Imagino que intentan hacer su trabajo lo mejor posible.

MARIO:
> Duele, ¿sabes?, duele mucho... Aquí... *(Se señala la columna vertebral)* Esta punzada constante... El dolor te cambia... Te quita las ganas de todo... Es como si te fueras apagando, poco a poco...

DUNIA:
> No debe de ser una decisión fácil.

Breve silencio.

Dunia:
    Y... ¡cuéntame! ¿Cómo será esa nueva serie de libros?
Mario:
    ¿La de Razatino?
Dunia:
    Sí. Seguro que ya tienes algunas ideas.
Mario:
    ¿Quieres oírlas?
Dunia:
    ¡Claro!

Mario:

(Con creciente ilusión) Pues estoy pensando que la primera aventura podía ser una continuación de esta. Lo encontramos en su cueva, en medio del bosque, viviendo solo, lamentándose por la vida que lleva, siempre quejándose, ya sabes. Hasta que alguien toca a su puerta. Se trata de una visita inesperada…

El espacio escénico se oscurece lentamente. Solo queda una luz cenital sobre el Narrador.

Narrador:

Mario pasó un buen rato contándole a Dunia sus nuevas ideas. Ella se reía, a veces; otras escuchaba seria y atenta: parecía otra vez la niña que escuchaba los relatos fantásticos de su tío. Dunia tuvo que irse a trabajar, pero en su oficina recordó las historias maravillosas que acababa de contar su tío. Mientras, Mario empezó a dibujar los bocetos de su nueva serie, titulada: Razatino, el Duende Gruñón. Y las horas pasaron… Y entonces… Cae la noche sobre la ciudad. Lentamente. El cielo se oscurece, los padres acuestan a los niños, quizá les leen Las Aventuras de Aidún para dormir. Mario se mete en su cama también.

Mario duerme. Aidún regresa. Los sueños de Mario son de alegres colores. Aidún se acerca a la cama.

Mario:
¡Aidún!, te estaba esperando.
Aidún:
Ya estoy aquí. ¡Tus sueños de esta noche son alegres!
Mario:
Sí. Lo son.
Aidún:
¿Sabes?, he estado pensando y… quiero pedirte algo.
Mario:
¿El qué?
Aidún:
Quiero que no me dibujes nunca más.
Mario:
¿Nunca más? ¿Por qué?
Aidún:
No quiero regresar al mundo de los dibujos. Quiero quedarme aquí. Donde puedo elegir. Me gusta mucho esta sensación de libertad.

Mario:
> Pero tú eres un dibujo. No puedes vivir en el mundo real.

Aidún:
> En el mundo real, no. Pero sí en el de los sueños. Puedo comunicarme con las personas mientras duermen. Buscaré a aquellos que están tristes, me acercaré a sus camas y los ayudaré a vivir nuevas y apasionantes aventuras.

Mario:
> Me parece una idea estupenda. Prometido: te dejaré libre. Nunca más volveré a dibujarte.

Aidún:
> ¿Lo recordarás al despertar?

Mario:
> Lo recordaré. Pero entonces..., eso quiere decir que te vas.

Aidún:
> Seguiré viniendo a visitarte algunas noches. Y si me necesitas, llámame.

Mario:
> ¿Una última aventura antes de despedirnos?

Aidún:
> ¡Por supuesto! Elige tú.

Mario:
> ¿Hummm? ¡Dinosaurios!

AIDÚN:
> ¡Dinosaurios!

MARIO:
> Vivíamos en un pequeño pueblo de África, donde quedaban algunos dinosaurios escondidos de los hombres…

AIDÚN:
> Y los dinosaurios eran seres salvajes y violentos…

MARIO:
> No, no, los dinosaurios eran pacíficos… Los salvajes eran los cazadores y los científicos. Querían atrapar a los dinosaurios para hacer experimentos con ellos…

AIDÚN:
> Y nosotros los rescatábamos….

MARIO:
> Eso es…

AIDÚN:
> ¡Yo era la guerrera Aidún!

MARIO:
> ¡Y yo, el guerrero Razatino!

AIDÚN:
> ¿Razatino?

MARIO:
> Sí. He estado pensando mucho en él y lo he convertido en un duende aventurero.

AIDÚN:
> ¿A Razatino?

MARIO:
> Sí. Ya lo verás. Todos podemos cambiar, ¿verdad?

AIDÚN:
> Sí, claro. Me encantará conocer al nuevo Razatino.

MARIO:
> ¿Empezamos?

AIDÚN:
> ¡Empezamos!

Se produce una nueva transformación de parte del escenario, donde MARIO y AIDÚN comienzan a vivir los primeros compases de la nueva aventura. Después, el espacio escénico se oscurece lentamente. Solo queda una luz cenital sobre el NARRADOR.

NARRADOR:
> Y, juntos, vivieron la aventura durante toda la noche. Las doce, la una de la madrugada, las cuatro, las seis…

Luz tenue sobre el escenario. MARIO y AIDÚN secundan las acciones que el NARRADOR describe a continuación.

NARRADOR:
> Al amanecer, Aidún y Mario se abrazan. Ella lo acompaña hasta la cama y lo deja allí, dormido, con una ancha sonrisa ocupándole todo el cuerpo.

Vuelve a quedar solo la luz cenital sobre el NARRADOR.

NARRADOR:
> Esta historia se está acabando, pero queda una última escena. Ya sabéis: Llega la mañana y…

5

Por la claraboya de la buhardilla entra una luz matinal.

NARRADOR:

La ciudad despierta. Las casas huelen a café, ¡a leche con cacao!, a tostadas con mantequilla, a magdalenas calientes... Ruido de coches. Colores de amanecer. Mario está levantado, desde hace un buen rato. Ahí lo tenemos. Está terminando de vestirse.

NARRADOR:

Hace mucho que no se ponía esa camisa ni esa chaqueta. Pero hoy es un día importante.

Llaman a la puerta. MARIO *se sienta en su silla de ruedas. Abre la puerta y entra* DUNIA.

DUNIA:
>¿Ya estás preparado?

MARIO:
>Sí. Coge la carta, por favor. Está sobre la mesa.

DUNIA toma la carta que le habían enviado del hospital. La hoja está recompuesta, pegada con cinta adhesiva. El NARRADOR hace su señal con las manos y MARIO y DUNIA se quedan inmóviles.

NARRADOR:
>Ayer por la tarde, Mario tomó una decisión importante: ir al hospital. Se hará las pruebas que los médicos le indiquen antes de operarse para intentar mejorar el dolor de su espalda.

El NARRADOR deshace el encantamiento y MARIO y DUNIA vuelven a la normalidad.

MARIO:
>*(Con una sonrisa traviesa mientras señala la carta)* ¿Qué dirán cuando la vean así?

DUNIA:
>¡Qué más da!

MARIO:
>Les podemos decir que un monstruo terri-

ble entró por la claraboya de la buhardilla y la destruyó.

Dunia:

(Riéndose) Sí. Eso les diremos.

Mario y Dunia van hacia la puerta.

Narrador:

No sé cómo le irá a Mario en esta nueva aventura, si él y los médicos conseguirán vencer la infección en los huesos de su espalda o no... Nadie puede saberlo. Pero le deseo mucha suerte. ¡Adiós, Mario, adiós Dunia!

Mario y Dunia salen.

Narrador:

Bueno... Mi trabajo ya ha terminado. Solo me queda pronunciar la frase que cierra todos los cuentos y después desapareceré: colorín, colorado, esta historia... se ha acabado.

Y con estas palabras el Narrador, efectivamente, desaparece. Y la buhardilla también.

Oscuro final.

Sugerencias:
LECTURA E INTERPRETACIÓN

Entre las diferentes cuestiones que se pueden trabajar después de la lectura de este texto, voy a proponer dos, que tratan aspectos muy diferentes y que pueden ayudar tanto a preparar los personajes como a diseñar la puesta en escena.

Vivir de mal humor
Por una parte, podríamos acercarnos al personaje de Mario, en la realidad, y a Razatino, en la ficción. Ambos se caracterizan por ser gruñones, por estar enfadados, por ver la vida de forma negativa. La cuestión sería preguntarse: ¿qué es el mal humor? ¿Conocéis a alguien que tenga ese carácter poco amable de Mario? ¿O a alguien que se comporte así en muchas ocasiones? El protagonista de *De aventuras* se muestra de este modo porque está enfermo, porque le duelen los huesos y

no confía en poder curarse. Pero ¿y las personas que os rodean? Vuestros padres, o hermanos o abuelos, ¿por qué se enfadan? Y vosotros, ¿acostumbráis a ser gruñones? ¿Cuándo y por qué os ponéis de mal humor? ¿Y qué hacéis entonces? ¿Os parecéis a Mario en esos momentos? ¿Y qué necesitas para volver a estar alegres otra vez?

Las Aventuras de Aidún

Otra de las propuestas que me parece interesante es animaros a desarrollar las aventuras que Aidún vive en este texto, pero que no se cuentan completas. ¿Recordáis que lucha contra el capitán Destructor y pierde? Una acotación nos resume esta batalla, pero no está descrita con sus detalles. ¿Queréis terminarla vosotros? ¿O preferís aquella en la que Aidún y Mario defienden a los dinosaurios? Además de representarla escénicamente, podríais escribirla o incluso dibujar los momentos que más os gusten.

También os podéis atrever a inventar una historia nueva para Aidún, en la que intervengáis vosotros mismos. Si Aidún se os apareciera en sueños, ¿qué aventura os gustaría vivir con ella?

Índice

Prólogo 9
Sinopsis 13
Personajes 15
Escenografía 22
Vestuario 24

De Aventuras
 1 29
 2 43
 3 67
 4 89
 5 101

Sugerencias 105

OTROS TÍTULOS PUBLICADOS
EN LA COLECCIÓN
SOPA DE LIBROS · TEATRO

El árbol de Julia
Luis Matilla
Ilustrado por Irene Fra

La ciudad de Gaturguga
José González Torices
Ilustrado por Ximena Maier

La caja de música
Alfonso Zurro
Ilustrado por Claudia Ranucci

Manzanas rojas
Luis Matilla
Ilustrado por Federico Delicado

Tira-tira o La fábrica de tiras
Agustí Franch Reche
Ilustrado por Teresa Novoa

Se suspende la función
Fernando Lalana
Ilustrado por Enrique Flores

Animaladas
Rafael Alcaraz
Ilustrado por Javier Olivares

Dora, la hija del Sol
Carmen F. Villalba
Ilustrado por Tae Mori

¿Es tuyo?
Pep Albanell
Ilustrado por Enrique Flores

Aurevoir, Marie
Tina Rodríguez
Ilustrado por Federico Delicado

Barriga
Juanluis Mira
Ilustrado por Noemí Villamuza

El chip experimental
Ignasi García
Ilustrado por Ximena Maier

Sumergirse en el agua
Helena Tornero
Ilustrado por Irene Fra

Descubriendo, que es gerundio
Alberto Iglesias
Ilustrado por Javier Olivares

El último curso
Luis Matilla
Ilustrado por Mercè López

Blanco (el libro que nació sin tinta)
Ángel Solo
Ilustrado por Maria Espluga

Lejos
Magda Labarga
Ilustrado por Ignasi Blanch

La comedia Borja
Ignasi Moreno
Ilustrado por Xan López Domínguez

Víctor Osama
Francesc Adrià
Ilustrado por Adolfo Serra

Las piernas de Amaidú
Luis Matilla
Ilustrado por Gianluca Folì